MERCURIO RETRÓGRADO

Primera edición: Septiembre 2021

Mercurio retrógrado

Elsa Tablac

CAPÍTULO 1

MIRANDA

—No, yo no voy a cenar. Pero tú come tranquila, faltaría más.

El tipo exhibió otra vez su sonrisa blanca y perfecta y acto seguido dio un nuevo sorbo a su agua con gas. Pestañeé varias veces, navegando entre la inercia y la incredulidad. ¿En serio me estaba pasando esto?

—¿No vas a comer nada? —insistí sutilmente—. Creí que cenaríamos algo. Quiero decir, por la hora que es...

Miré mi reloj, aunque sabía perfectamente qué hora era: ¡la hora de huir de aquella cita decepcionante!

—No quiero romper mi ayuno —contestó él, imitando mi gesto y echando un vistazo a su reloj.

—Tu ayuno.

—Ayuno intermitente.

Raúl —o al menos así se suponía que se llamaba, no me había enseñado ninguna identificación— se dio unos golpecitos en los abdominales. Agucé el oído, casi se podía escuchar el acero que había debajo de aquella camisa. De repente lo del ayuno tenía cierta lógica. Ese cuerpazo moldeado por el *crossfit* debía someterse a unas dinámicas más o menos estrictas. Y la dosis de carbohidratos que yo estaba engullendo en su presencia no estaba entre ellas seguro.

MERCURIO RETRÓGRADO

—Quiero quitarme pronto los dos kilos extra de las vacaciones —dijo.

Se señaló el labio.

—Tienes... mayonesa.

Horrorizada, eché mano de la servilleta, golpeando de paso mi copa de vino, que acabó desparramada por la mesa.

¡Hola!

Mi nombre es Miranda Tuna y me pillas en medio de la cita más desastrosa del año; buscando ya la salida de emergencia con la mirada. La verdad es que en lo profesional no puedo quejarme; dirijo una de las revistas de cotilleo más vendidas del país: ALOHA. Y eso, teniendo en cuenta que a estas alturas del siglo veintiuno las revistas en papel son prácticamente un muerto que se acumula en cafeterías y peluquerías, es todo un logro.

Otro tema es el asunto masculino que, sorprendentemente, no se me da tan bien como cabría esperar.

Así que ahí estaba esa noche en un animado bar de copas cercano a la Gran Vía, acompañada del tal Raúl, alias "el crossfitero", mientras un pequeño reguero de mayonesa se escapaba entre mis labios.

Estaba descolocada, esa es la verdad; y obviamente ya había tachado el nombre de aquel chico de mi lista en el momento en que se negó a pedir algo de cenar y me dejó a mí sola delante de un delicioso taco mexicano. ¡Pero es que tenía hambre! Una copa de vino y un taco era todo lo que necesitaba para reconducir mi día después de una intensa jornada en la redacción de la revista.

Solo a mí se me ocurre tener una cita después del trabajo con un hombre que ni siquiera tiene la decencia de acompañarme en una cena rápida y se limita a pedir un agua con gas y a señalar que una salsa resbala por mi cara.

Era atractivo, sí, y tenía un cuerpo de escándalo, pero como dice mi madre, "acababa de volcarme el guiso".

Engullí el resto del taco en dos bocados y me limpié con la servilleta sin pensar mucho en la destrucción del pintalabios.

—He de irme —le anuncié.

—¿Cómo?

—Estoy muerta de cansancio, ha sido un día muy largo.

Se calló, consciente de que en el fondo él tampoco quería alargar aquella cita sin sentido.

—Solo hace media hora que hemos llegado —me dijo.

Levanté el dedo para llamar la atención del camarero. Nos trajo la cuenta y observé, perpleja, como mi acompañante no hacía ni el más mínimo gesto de echar mano de su cartera. Creo que mi cara me delató.

—¿Te importa? —inquirió—. Solo he pedido un agua con gas.

Yo solo quería salir de allí.

—Claro, no te preocupes. Hoy pago yo —dije.

Hoy.

No habría ningún otro día, y ambos lo sabíamos.

Pagué la cuenta (el taco, la copa de vino derramada y el agua con gas del crossfitero) y salí del local. Él me dijo que iba al baño, pero no lo esperé. Me largué de allí a la francesa, sin despedirme. ¿Para qué? Tengo tantas citas insulsas con desconocidos a mis espaldas que, la verdad, me daba permiso a mí misma para ahorrarme ciertas despedidas que no conducirían a ningún sitio.

Empecé a andar a toda prisa, como si me hubiese ido sin pagar. Pensé en parar un taxi, llegar a casa y sumergirme un buen rato en la bañera; pero cuando me di cuenta ya había caminado unos veinte minutos a pesar de que no llevaba los zapatos más cómodos del mundo. Me había detenido en un semáforo más tiempo de la cuenta y había borrado de mi móvil las cuatro aplicaciones que había estado usando en el último año para ligar.

Se acabaron las apps, pensé. *Desisto. Ha sido entretenido, interesante a ratos, pero lo que busco o, más bien, lo que me gustaría encontrar sin necesidad de buscarlo, no está tras la pantalla del teléfono.*

Realmente no sé dónde está, pero yo ya había tomado una de mis decisiones categóricas y repentinas.

Se habían acabado las citas con desconocidos.

Y en el mismo momento en el que me sentí plenamente liberada de esa extraña carga autoimpuesta levanté la vista y lo vi.

Era alto, tendría más o menos mi edad, unos cuarenta años. La piel demasiado bronceada para nuestra ciudad sin mar, la mirada azul, dura y concentrada en algún punto fijo sobre mi hombro.

Lo supe porque el corazón me dio un vuelco.

Él estaba esperando en la otra acera a que el hombrecillo verde apareciese.

Es decir, lo normal sería que nos cruzásemos en ese paso de cebra, con suerte nos observaríamos mutuamente durante unas décimas de segundo y no nos volveríamos a ver jamás. Así son la mayoría de encuentros fugaces en la ciudad.

Ese día, sin embargo, mi cuerpo, o tal vez mis zapatos se rebelaron.

El apuesto desconocido y yo nos cruzamos en el asfalto, y mientras me acercaba a su hombro izquierdo me dije a mí misma: si me mira, me daré la vuelta y caminaré tras él.

"Caminaré en la misma dirección que él" es una manera sutil de referirse a "lo perseguiré".

Y eso sucedió. Nos cruzamos, nos miramos como si estuviésemos solos en el centro de la ciudad y reconociésemos a alguien de nuestra misma especie en un Arca de Noé. Dejé pasar unos segundos, me giré y caminé tras él.

Es absurdo, lo sé.

Pero lo hice.

Me convencí a mí misma mientras aligeraba el paso con algunas excusas banales:

Tómatelo como un poco de ejercicio extra, Miranda: te sienta muy bien dar paseos largos.

La cita ha acabado antes de lo previsto, aún es pronto.

Jamás has hecho eso... seguir a un desconocido por la calle, ¡puede ser excitante! ¿Dónde irá?

Lo dicho, me giré sobre mis tacones y caminé tras él apuesto moreno a cierta distancia durante unos quince minutos, sin tener la menor idea de quién era ni hacia dónde se dirigía.

Serpenteamos por las calles del centro y pronto la distancia física entre nosotros fue aumentando, hasta que me detuve bruscamente en otro paso de peatones. Un taxi con la luz verde se detuvo a mi lado.

¿Qué demonios estás haciendo, Miranda Tuna?

Levanté la mano y el taxista detuvo el coche a mi lado. Abrí la puerta trasera y murmuré mi dirección. Iba siendo hora de poner punto final a aquel día infame.

Me fui a casa.

Y sin embargo, resulta que ni en casa puede estar una tranquila. Abrí la puerta y seguí el pequeño circuito de rituales cotidianos con los que me encuentro todas las noches al llegar (sí, has leído bien: solo voy a casa a dormir), abrir la nevera, dar un trago del tetra brik de leche de la nevera, descalzarme, coger los zapatos y llevarlos hasta mi armario.

Y justo entonces, el último desastre del día. El estante superior donde estaban perfectamente ordenados la mayoría de mis preciados zapatos se partió por arte de magia.

Todos los zapatos cayeron encima de mí. Me llovieron los tacones y las plataformas.

¿Te imaginas una muerte más ridícula?

Murió sola en casa, aplastada por su propia colección de zapatos; y por supuesto, posteriormente fue devorada por su gata.

Tras unos segundos de aturdimiento, conseguí ponerme de nuevo en pie. Unas plataformas de Prada habían aterrizado sobre mi frente, provocando una pequeña herida.

Pero en fin...

¡Sorpresa! Seguía viva.

CAPÍTULO 2

MIRANDA

Al día siguiente estaba, como siempre, la primera en la oficina, con el último número de ALOHA calentito entre mis manos, recién salido de la imprenta.

Abrí la página del horóscopo que Abigail, nuestra "astróloga" de cabecera, me enviaba religiosamente todos los domingos por la noche desde París, donde residía con un guapo acto francés que...en fin... esa es otra historia. Solo diré que prácticamente fui YO quien los presentó.

Ahora ella vive en un apartamento del tamaño de la Casa de Campo en la Ciudad de la Luz y a mí se me rompe el armario y se me caen encima ochenta pares de zapatos.

Pero la quiero mucho (para ser una de mis empleadas).

Esa semana no había leído sus textos. Los había enviado directamente a la correctora de estilo. Busqué mi signo:

VIRGO: cuidado con la madera, querida Virgo. Mercurio sigue retrógrado, ya te avisé la semana pasada, así que espero que me hayas hecho caso y te hayas quedado en casa el máximo tiempo posible. Increíblemente, el hecho de que mercurio esté retrógrado —recuerda, hasta el próximo 23 de septiembre— va a ayudarte por fin a encontrar a tu gran amor, si es que estás soltera y eso, en el fondo, es lo que realmente deseas, —aunque nunca lo reconozcas en voz alta—. Mi consejo de esta semana, por tanto, es: abraza el caos. Al final de la pesadilla siempre está la luz.

Sonreí.

Abraza el caos.

Yo jamás había hecho tal cosa.

Era algo que jamás se me había dado especialmente bien. Nunca habría llegado profesionalmente donde estoy si no hubiese sido meticulosa hasta el extremo y una excelente planificadora.

Un "bip" hizo que me despertase de mi breve ensoñación astrológica.

Era uno de los recordatorios de mi apretada agenda. Había quedado para desayunar con Aura, la delegada de la empresa de publicidad que trabajaba con ALOHA —y también mi amiga—. Me levanté de un salto y salí de mi despacho-pecera.

Eran casi las diez de la mañana y solo tres de mis redactoras estaban en sus mesas tecleando de manera frenética. El resto iba llegando de forma escalonada a lo largo de la mañana, o bien trabajaba desde casa. Debo reconocer que soy una jefa tirana para muchas cosas, pero para otras no. Mientras la revista estuviese cerrada el lunes por la noche y lista para enviar a imprenta, me daba igual el horario que hiciese cada una.

Me despedí de Rosa con un "vuelvo en una hora".

Aura me esperaba en la terraza de una cafetería de la calle de las Huertas, muy cerca de la oficina. Obviamente aquella reunión no era del todo necesaria. No teníamos ningún asunto urgente de trabajo que discutir. Yo quería cotillear sutilmente acerca de las últimas novedades sobre su tortuoso proceso de divorcio y ella se moría de ganas de saber qué había pasado con el "crossfitero".

Mientras liquidaba ese tema rápido, a pesar de su notable interés, me arrepentí de habérselo mencionado siquiera la semana anterior.

—¿Y te fuiste así, sin más? —preguntó, alucinando.

Asentí.

—Es que me pareció muy descortés que no me acompañara en la cena.

Aura se encogió de hombros.

—¿Pero qué más te da su ayuno?

Resoplé. No me gustaba nada tener que justificarme.

—No sé, Aura... No lo vi claro, la verdad. Bueno, miento, vi claro que no iba a funcionar. Si lo piensas fríamente, nos ahorré tiempo a los dos.

—Pues ahora que estoy a punto de ser libre... no sé si aventurarme con el tema de las aplicaciones. Últimamente parece que no lo recomiendas.

La miré sin saber muy bien qué decirle. Era cierto que a veces me había mostrado entusiasmada con aquel asunto de las citas, los hombres de ida y vuelta y esa extraña excitación al saber a ciencia cierta que si alguno desaparecía del mapa, habría otros tres esperándome al otro lado de la pantalla.

La realidad es que las cosas no iban tan bien como me gustaría. Siempre me decía a mí misma que todo mi tiempo y energía estaban puestos en la revista, pero por muy tarde que llegase a casa cada día, allí no había nadie esperándome.

Y no, la gata no era la sustituta de aquello que deseaba secretamente y que nunca revelaba en voz alta, por muy evidente que fuese.

Mientras Aura consultaba la carta que acababan de traernos y que probablemente no necesitábamos, levanté la vista y lo vi de nuevo. Era el hombre con el que me había cruzado la noche anterior en el paso de cebra, y al que había seguido por las calles del centro como una descerebrada.

MERCURIO RETRÓGRADO

Pasó muy cerca de donde estábamos y juraría que me miró, pero tampoco podría asegurarlo al cien por cien. Lo que sí sucedió es que mi cuerpo reaccionó exactamente igual que la primera vez que lo vi. En cuanto observé cómo se alejaba calle abajo tras una mirada fugaz y una media sonrisa, me levanté de la silla.

—¿Me disculpas un segundo, Aura? —murmuré—. Vuelvo enseguida.

—¿Dónde vas?

Obviamente no iba a decirle que tenía que seguir a un tipo en ese preciso instante.

—Ahora vengo —repetí. Siempre podía dar explicaciones más tarde; o al menos ganar unos minutos de oro para inventarme algo convincente.

Aura abrió la boca para protestar, pero supongo que después entendió que a estas alturas ya debería estar acostumbrada a mis excentricidades, así que solo murmuró:

—Está bien, pero ¿te pido algo?

Me giré sin detenerme.

—¡Un bocadillo de tortilla de patatas! —exclamé.

Me apresuré para no perder de vista a mi presa. Jamás, ¡nunca! podría contarle a nadie lo que estaba sucediendo en ese preciso instante. Seguir a un desconocido por la calle. Me perdoné a mí misma enseguida, claro; no podía ser de otra manera.

Aligeré el paso para recortar la distancia que amenazaba con separarnos definitivamente. Era alto y daba grandes zancadas. Él giró a la derecha y se aventuró por una calle peatonal. Caminábamos solos por allí y en ese momento me corté de nuevo. Si se giraba y por alguna casualidad me reconocía iba a sospechar que lo estaba siguiendo y me catalogaría como una psicópata de inmediato.

Porque no lo era, ¿no? El apuesto caminante aceleró un poco más el paso y eso me vino perfecto para observar cómo una puerta entreabierta lo esperaba. Entró en un local grande y luminoso. Me acerqué despacio para amortiguar el estruendo de mis tacones. ¿Cuánto tiempo había pasado desde que había dejado a Aura en la cafetería? ¿Cinco minutos?

Mi guapo desconocido había entrado en una carpintería. De repente tuve la mejor idea del día. Di unos pasos tímidos hacia la puerta. Me detuve unos segundos, pensando qué decir.

Estaba a tiempo de olvidarme de él, de olvidar aquella locura peligrosamente parecida a una atolondrada fantasía adolescente. Sería casi imposible encontrármelo una tercera vez en la ciudad, eso sería una casualidad totalmente incompatible con mi dichoso mercurio retrógrado.

Cuando mi hombro ya giraba sobre mis propios pasos para regresar con Aura, escuché una voz grave y extremadamente varonil.

—¿Puedo ayudarte?

CAPÍTULO 3

NELSON

Querría ayudarla una y otra vez durante el resto de días que me quedasen en el planeta. No entendí muy bien qué estaba pasando, qué había hecho bien para que algo —la inercia, la dinámica de esta sorprendente ciudad— la hubiese puesto de nuevo en mi camino.

Y bien sabe Dios que no iba a dejar escapar una preciada segunda oportunidad como la que tenía ante mis ojos. Allí estaba ella, la mujer perfecta del paso de peatones, la misma con la que me crucé la noche anterior y que se coló en mis sueños, y luego en mis pesadillas, en las que me preguntaba por qué demonios no me había girado al menos a admirar su espalda cuando nos cruzamos.

Y esa mañana algo la había traído hasta mi taller.

Me sonrió, tal vez mientras intentaba elaborar alguna petición. No vienen muchas mujeres como ella por aquí. Me puse de perfil, aún en el lindar de la puerta, para que mi lenguaje corporal le diese la luz verde que necesitaba para entrar en mi mundo.

Noté cómo respiraba profundamente. No pasaba nadie más por la calle en ese momento. Estábamos ella y yo solos bajo el cielo de Madrid.

—Estoy buscando a alguien que haga... reformas de armarios —me dijo.

—Has venido al sitio adecuado, entonces —murmuré—. ¿Me acompañas dentro?

Dudó un instante y entonces empezó a rondarme una pregunta, o más bien un propósito: necesito que se sienta segura a mi lado.

Pasamos al interior del local. Dos de mis empleados, Leo y Lolo, quienes pulían una puerta esa mañana, detuvieron en seco la máquina con la que trabajaban. Observé enseguida como Leo miraba a nuestra nueva clienta de arriba a abajo y tomé buena nota de ello: a menos que me fuese posible, no iba a permitir que nadie más que yo se ocupase de cualquier encargo que ella pudiera hacernos, aunque lo cierto era que hacía casi dos años que yo ya solo me ocupaba de dirigir el negocio. Aún así, amo trabajar la madera con mis manos y nunca dejaré de hacerlo, por mucho que mi empresa siga creciendo.

Era espectacular, elegante, espigada, con unos felinos ojos verdes; y dentro del taller parecía una flor delicada que yo deseaba proteger a toda costa. Ninguna astilla debía siquiera saltar cerca de ella si aquellos dos decidían dejar de espiar y ponerse de nuevo a trabajar, así que la conduje al fondo del local, donde estaba nuestra pequeña oficina.

—Siéntate, por favor.

Eso reduciría la visión privilegiada de su figura, pero estaba dispuesto a averiguar todo lo que pudiese sobre ella. Quería decirle que ya nos habíamos encontrado, preguntarle si por casualidad me había visto la noche anterior, en aquel cruce, y si podría invitarla a cenar algún día. Cómo había llegado hasta mí de nuevo. Todo eso.

La observé mientras ella recorría las paredes con su vista, tal vez evitando mis ojos. ¿Era posible que una mujer como ella estuviese libre? Sería una auténtica lotería.

—Mi nombre es Nelson —le dije, por el simple hecho de que ansiaba ya conocer el suyo.

—Miranda —contestó.

Pestañeó, y yo me apoyé en el armario bajo que teníamos detrás.

—Mi armario se ha roto —dijo sin más rodeos—. La estantería superior se ha partido con el peso.

—¿El peso?

Dudó unos instantes antes de revelarme el motivo:

—Tengo muchos zapatos.

—Entiendo. No te preocupes. Lo arreglaré enseguida.

Extendí un bloc de notas y un bolígrafo sobre la mesa que nos separaba.

—Apúntame tu dirección, por favor.

—¿Lo arreglarás...tú mismo?

Me reí.

—Si todo va bien, sí. Yo mismo, si decides finalmente contar con nuestros servicios, claro.

—Y no necesitamos un...¿presupuesto?

—Primero he de tomar medidas y examinar el desperfecto. Pero supongo que solo habrá que sustituir el tablón que se ha desprendido, así que no creo que sean más de cien euros.

Garabateó su dirección.

—¿Podrías apuntar también tu número, por favor?

Me miró y asintió.

No acostumbro a aprovecharme de mi trabajo en ese sentido, pero no tenía ninguna otra opción si quería volver a verla. Y no estaba dispuesto a dejarlo en manos del azar.

—¿Esta tarde? —pregunté.

—¿Perdón?

—¿Te va bien si me paso por tu casa esta tarde?

—Depende de la hora...

—¿Cuándo te va bien?

Meditó un instante. Me daba exactamente igual a qué hora me dijese. Hubiese cancelado todo lo que tenía pendiente para esa tarde de todas maneras.

—¿Supongo que las ocho sería demasiado tarde? Mis jornadas son un poco largas pero puedo arreglármelas...

Interesante. Todo apuntaba a que vivía sola y nadie se interpondría en mi camino. A lo mejor era asumir demasiado, pero en ese momento nada podía quitarme la idea que tenía en la cabeza, y que no era otra que proporcionarle todos los orgasmos que ella quisiera.

—Las ocho es perfecto. No te preocupes —le confirmé.

Me sonrió. Algo me decía que su visita había sido impulsiva e improvisada; una cosa no muy común entre nuestra clientela. Nos habíamos especializado en reformas en apartamentos de lujo y nuestros precios eran algo superiores a los habituales, pero no iba a permitir que una minucia como un presupuesto que pudiese parecer algo prohibitivo me alejase de ella.

Se levantó y la acompañé de nuevo a la puerta del local.

—¿Cómo nos has conocido, Miranda? —su nombre saliendo de mi garganta sonaba casi mágico. Estaba preparado para repetirlo. Así tenía que ser, y así sería. Me reconfortó enseguida esa seguridad, y tener la certeza que nos encontraríamos en unas horas, en un espacio privado y seguro.

Un golpe de aire circuló por la calle de repente y algunos mechones de su pelo se descolocaron. Me contestó mientras se ajustaba una horquilla:

—Un armario roto, a pesar de tratarse de mis zapatos, es lo típico que postergaría durante semanas —dijo—. Últimamente estoy intentando solucionar mis problemas en cuanto se presentan en mi vida, en lugar de mirar hacia otro lado y esperar a que exploten en la cara.

Una mujer lista. Me gustó un poco más.

Caminó unos pasos, ella de nuevo bajo el sol y yo tras ella, y aunque parecía tener algo de prisa se había plantado ante mí, algo más cerca de lo que típicamente estaría una clienta.

—Eso es muy sabio —le dije.

—¿De dónde eres?

—Nací en Brasil, mis padres son brasileños. Pero vinimos aquí siendo yo un niño. ¿Tú eres de aquí?

Asintió.

Iba a hacer un comentario sobre sus ojos de gata pero me contuve.

—De todas formas eso no contesta a mi pregunta —dije, sonriendo.

—¿Qué pregunta?

—Cómo nos habías conocido. Obviamente no tienes que contestar, pero siempre lo pregunto para saber por dónde nos llegan los clientes.

—Ya, entiendo. Solo pasaba por aquí. He quedado para almorzar con una amiga. Que debe estar esperándome, por cierto.

—Nos vemos luego, entonces.

No pensaba perderme el espectáculo de verla caminar, aunque fuera alejándose de mí. Supe en ese instante que no me había contado toda la verdad, porque si realmente "solo pasaba por aquí" hubiese seguido caminando hacia la derecha.

Miranda se alejó por la izquierda, volviendo sobre sus deliciosos pasos.

CAPÍTULO 4

MIRANDA

Después de mi atropellado desayuno con Aura, quien no parecía muy contenta tras mi inexplicable desaparición de algo más de veinte minutos, regresé a la oficina dispuesta a reconducir el día lo mejor posible, aunque ya no podía dejar de pensar en Nelson y en su inminente visita.

Estaba sorprendida. Descolocada. Abrí el mismo e-mail por tercera vez, aunque eran las cuatro de la tarde y había sido incapaz de hacer nada útil en las últimas tres horas.

No podía concentrarme.

Me levanté de repente, cogí mi bolso y salí del despacho.

—Estaré en casa el resto del día —anuncié en voz alta, para quien quisiera oírlo.

Una de las redactoras, Raquel, me lanzó una fulminante mirada. Era una de las veteranas y sabía perfectamente que yo jamás abandonaba la oficina si no era por una excelente razón.

—Vienen a hacer unas reformas —le dije, aunque no sé por qué, siendo la jefa del lugar, a veces me veo obligada a ofrecer explicaciones no solicitadas.

Pero, en fin, todo era verdad. Necesitaba reparar el dichoso armario. A pesar del trasfondo del asunto.

Llegué a casa a eso de las cinco. No había probado bocado desde mi encuentro con Aura, pero no tenía hambre. Y sabía muy bien por qué. Faltaban tres horas para que Nelson llegase y a mí me recorría una zozobra por el estómago que conocía bien, pero que hacía demasiado tiempo que no me transitaba.

Rememoré nuestra breve conversación en la carpintería, y solo pensar de nuevo en su imponente presencia física hizo que un calor intenso que casi tenía olvidado se instalase entre mis piernas.

Me acerqué al armario maltrecho. Era un desastre para muchas cosas, especialmente en todo lo que concierne al ámbito doméstico. Los zapatos seguían esparcidos por el suelo y las puertas estaban entreabiertas debido a la gran cantidad de ropa que se agolpaba dentro.

Empecé a apartar los zapatos con el pie hacia un rincón de la habitación; y en ese momento me di cuenta de una realidad incontestable: el armario estaba demasiado cerca de mi cama.

Me dejé caer sobre el colchón y mantuve la vista fija en el techo. No sé cuánto tiempo permanecí quieta, pensando —o más bien proyectando con mucha intensidad— en las probabilidades que había de que aquel hombre rudo y dulce al mismo tiempo me obligase a tumbarme sobre el colchón, me levantase la falda y cubriese todo mi cuerpo con el suyo.

¿Le había parecido atractiva? Había notado cierto interés en sus formas, suavizadas y domesticadas en cada uno de los momentos en que se dirigió hacia mí. La manera en que me había preguntado mi nombre y cómo había llegado hasta él —tuve que mentir, obvio—; algo en su voz me invitaba a pensar que no trataba así a todas las mujeres que se acercaban a aquel local para encargarle trabajos de carpintería.

En ese momento una bombillita se iluminó en algún sitio de mi cabeza, ocupada generalmente por todo el contenido vacío que publicamos en ALOHA. ¿Hora de dejar de mirar el techo, señorita Miranda Tuna? Me di la vuelta y me arrastré por el colchón hacia el otro lado de la cama.

La *tablet* que utilizaba para ver algunas series por la noche y lograr conciliar el sueño estaba, por algún motivo, debajo de la cama. La recuperé y abrí el navegador de Internet.

Ni siquiera sabía el nombre del negocio de Nelson. Ni siquiera se me había ocurrido levantar la vista y leer el rótulo que colgaba sobre su cabeza. (¿Cómo iba a apartar mi mirada de él?).

Busqué la ubicación exacta en la calle en la que estaba en el Barrio de las Letras. Lo encontré relativamente rápido: REFORMAS INTEGRALES CARDOSO.

Puede que dirija a un grupo de periodistas jóvenes y que muchas veces sienta que más bien comando una especie de guardería, pero no he perdido el olfato de periodista que me acompañó fielmente en mis inicios. Sigo siendo buena ante un teclado y sigo siendo excelente encontrando la información exacta que necesito.

Acto seguido, busqué en Google: "Nelson Cardoso".

No había demasiada información personal sobre él en Internet, algo que siempre considero un punto a favor, pero sí supe que Reformas Integrales Cardoso tenía dos sedes en la capital, una en el Barrio de las Letras, donde nos habíamos encontrado, y otra en el de Salamanca.

Tenían una página web bastante decente y todo apuntaba a que su principal clientela era considerablemente adinerada. El "Cardoso" insertado en el nombre del negocio me indicaba que casi con total seguridad él era el dueño (o en su defecto el hijo del dueño). *Muy buena capacidad deductiva, Miranda.*

A las ocho en punto sonó el timbre. Mis latidos se desbocaron exactamente igual que cuando él me había invitado al interior de la carpintería. Sinceramente, si era el dueño del negocio, no entendía qué hacía él en mi casa, por qué había insistido en presentarse a tomar medidas si podía enviar a cualquiera de sus empleados.

A no ser que...

Corrí hacia la puerta y la abrí. Y ahí estaba él, vestido con vaqueros y una cazadora oscura.

Sin herramientas.

Llevaba el teléfono móvil en una mano y un metro en la otra.

—Qué puntual —murmuré.

Enseguida pensé que aquel era un comentario demasiado informal.

Ser puntual formaba parte de su trabajo.

Y ese era el motivo exacto por el que estaba allí. No debía olvidarlo.

En ese instante me acordé también del maldito mercurio retrógrado y de que se suponía que no debía salir de mi cueva hasta que el temporal astrológico amainase. Pero técnicamente había hecho exactamente eso. Más o menos. Ahora me traía los problemas a casa.

Porque mientras Nelson avanzaba por mi pasillo y murmuraba un "gracias", directo al dormitorio, y yo no podía creerme que aquel hombre transitase por mi casa de una manera tan resuelta y natural; yo ya tenía claro que era muy posible que me estuviese complicando la existencia.

Por un motivo evidente: si no pasaba nada entre nosotros sentiría una gran frustración. Y si pasaba algo; jamás me conformaría con un rato de pasión.

Entramos en el dormitorio. El carpintero echó un vistazo a la cama. La había hecho, pero me había sentado un rato con el ordenador después, dejando la silueta de mi cuerpo impresa en medio del colchón.

Abrió la puerta del armario enfermo y se asomó. Justifiqué el desorden interior a toda velocidad:

—Tal vez te iría mejor si vaciase todo el armario. No he tenido tiempo en tan pocas horas —le dije.

Él me extendió su teléfono, con la linterna encendida.

—¿Puedo pedirte que me alumbres un momento aquí?

—Claro.

Nelson apoyó la rodilla en el cajón de abajo y tanteó el hueco superior, en busca de los ganchos que sujetaban el estante precipitado. Temí por su integridad física, pero también por la pequeña colección de lencería que había quedado al descubierto y que él, de manera elegante, había decidido ignorar.

—No sé si estás muy seguro ahí arriba —dije.

—No te preocupes. Tienes un armario muy robusto. No entiendo cómo ha podido romperse esa balda.

Me callé. No quería volver a sacar a relucir el asunto de los zapatos y que tal vez había cargado mi propio peso sobre ella en más de una ocasión.

Nelson plantó sus dos pies ante mí, encarándome y alterándome un diez por ciento más de lo que ya estaba.

—¿Tienes la estantería rota?

Señalé hacia una esquina del dormitorio.

Se acercó, cogió el tablón y lo midió. Después me arrebató el teléfono y tecleó.

—Estoy anotando las medidas —me dijo, mientras me miraba directamente a los ojos.

Tragué saliva, y creo que lo notó. Era demasiado. Miré al suelo. Mis labios articularon algo que, al parecer, no pasó primero por mi cerebro:

—Podría haberlas anotado yo misma y haberte llamado por teléfono.

Se guardó el móvil en el bolsillo interior de la chaqueta y me observó. Dio un paso hacia mí. Otro.

—Me ocuparé personalmente de que mañana mismo ese estante esté arreglado. Y sí, supongo que simplemente podrías haberme llamado, pero entonces me hubiese privado de esto. Y no estaba dispuesto, Miranda.

Colocó su mano derecha en mi cuello y ese fue todo el gesto que necesitó para terminar de fundirme.

No parecía dispuesto a pedir permiso, pero mi cuerpo ya se lo estaba dando con mi inmediata reacción. Mis pezones se revelaron a través de la fina seda que los cubría.

Se acercó a mis labios y los acaparó con los suyos.

Odiaba que se hubiese atrevido a besarme en mi propia casa, en mi propio dormitorio, sin ningún preámbulo; y odiaba aún más el hecho evidente de que yo sería incapaz de apartarlo, porque no deseaba ninguna otra cosa desde que que me había hecho escribir mi dirección en un bloc de notas.

Su lengua se aventuró en mi boca, explorando mis labios despacio, saboreándolos con total descaro, como si fuese dueño y señor de mi tiempo.

La Miranda de ayer le hubiese propinado una bofetada, le habría dicho de manera muy vehemente que se estaba equivocando, pero en ese momento era una sombra de esa Miranda. Me había convertido en una sombra sometida y ya entreabierta que se dejaba acariciar por las manos rugosas del carpintero.

—Era importante para mí solventar lo de tu estantería lo antes posible, Miranda. Para llegar a esto. A lo que en realidad necesitas y lo que pienso darte una y otra vez.

Pasó sus manos por mi cintura, y después las bajó hasta mi culo.

Sus palabras me indignaban y me excitaban por igual. ¿Era eso posible? Esa rabia era puro queroseno y solo hacía que avivar el fuego que ya me estaba abrasando entre las piernas.

Imparable. Y también desconocido hasta ese momento.

Me rodeó con los brazos e hizo que me encarase con mi armario roto. Cogió mis manos y las colocó en el borde de una de las estanterías.

—Te vi —susurró en mi oído mientras me levantaba la falda —. Esta mañana estabas sentada en una terraza. Te levantaste y me seguiste.

Su mano se escurrió entre mis bragas. Empezó a presionar con sus dedos en el pliegue perfecto. Muy despacio.

—No deberías seguir a desconocidos por la calle, Miranda.

Dejé escapar un gemido inevitable y acto seguido escuché el sonido de su cinturón, deslizándose sobre su cadera.

Oh, dios todopoderoso.

Ni siquiera se iba a molestar en llevarme hasta la cama.

CAPÍTULO 5

NELSON

No hacía ni veinticuatro horas que Miranda entró en mi campo de visión y yo ya estaba obsesionado. Y lo que estaba sucediendo en ese instante, en su territorio íntimo; o más bien en sus territorios íntimos, estaba a punto de sobrepasarme. Leí su cuerpo en un momento como quien lee el más adictivo de los *thrillers*.

Sus piernas llevaban un buen rato entreabiertas, lo había visto; y su hueco estaba más que preparado para recibir mis dedos. Abracé a Miranda, cubriendo sus clavículas con mi antebrazo y coloqué sus manos sobre una de las estanterías de su armario.

Observé cualquier reacción y vi, complacido, que estaba dispuesta a dejarse llevar. No solo eso, sino que claramente lo deseaba. Me desabroché el cinturón. Después bajé con cuidado la cremallera de su falda y dejé que ésta cayera al suelo. Toqué su muslo derecho para indicarle que levantase el pie y pudiésemos enviar aquella prenda bien lejos. Miranda interpretaba mis sutiles órdenes a la perfección. Su respiración se aceleró.

—Voy a acariciarte, Miranda —susurré en su oído—. Quiero asegurarme de que estás bien preparada para recibirme.

Aún rodeándola por la espalda, desprendí los tres primeros botones de su blusa. Había visto la lencería que guardaba y eso había desatado en mí la necesidad de jugármela con mi clienta.

Palpé sus generosos pechos y jugué con uno de sus pezones a través del encaje. Mi erección creció un poco más y ella dejó escapar un sonoro gemido. Su cadera se pegó a la mía, impaciente.

No le quité el sujetador, pero metí las manos en sus copas y agarré sus pechos, liberándolos de aquel corsé, listos para mis manos. Los apreté, jugué con ellos. Después puse mi mano derecha entre sus piernas y la palpé de nuevo.

—Estás empapada, Miranda.

—Por favor...—murmuró.

—Por favor...¿qué?

Quería recrearme. Estaba dispuesto a dilatar aquel momento sublime todo lo que pudiese. Quería explorar el límite del deseo de ambos, nuestra urgencia desatada. Su respiración seguía acelerándose. Apreté en mi mano su teta izquierda mientras la masturbaba. Su pulso aumentaba con cada uno de mis movimientos. Apoyé mis labios en su cuello para sentirle.

—Voy a sujetarte —le dije—. Quiero que tu culo esté muy quieto. ¿Te parece?

Ella asintió aunque probablemente no sabía a qué me refería. Acaricié la parte interna de sus muslos. Su humedad resbalosa empapó mis dedos. Muy despacio, le bajé las bragas y le indiqué que levantase el pie para deshacerme de ellas. No perdí ni un segundo en arrodillarme y hundir mi lengua entre sus piernas.

Miranda gimió de nuevo. Empezó a moverse, impaciente. Tuve que sujetarla.

—Sabes como un auténtico milagro —le dije.

Cuando me aseguré de que buena parte de su humedad había desparecido por el efecto de mi lengua me incorporé de nuevo.

Miranda estaba completamente desnuda de cintura para abajo. Seguía con las manos apoyadas en el armario, a la espera.

Me quité del todo el cinturón que sujetaba el pantalón. Rodeé con él su cintura y se lo abroché.

Intentó girarse.

—Quieta, Miranda. Espera un segundo más.

Sobraba un buen trozo de correa. La deslicé para poder sujetarla por el cinturón mientras la penetraba.

—No puedo más —dijo ella—. Por favor, Nelson...

Saqué mi polla del pantalón, dispuesta a darle lo que necesitaba en ese instante. No podía resistirme ni un segundo más a complacerla. Sujeté el cinturón con firmeza, y ella se puso de puntillas, buscando ansiosa mi miembro, tratando de insertárselo ella misma. Lo buscó con una de sus manos. Con suavidad, la cogí y volví a colocarla sobre el borde de la estantería.

—Espera, enseguida lo tendrás —murmuré.

Observé unos instantes su precioso trasero, elevado como en un altar. El olor a madera y a sexo impregnaba el dormitorio y yo ya había tomado una firme decisión. Me vi obligado a compartirla con ella:

—Si vamos a hacer esto, si vamos a llegar hasta el final, Miranda, necesito que seas consciente de que volveré una y otra vez a por más.

Se incorporó y agachó la cabeza. Acerqué mis labios a su espalda y la cubrí con un reguero de besos, hasta la nuca.

—Sí —fue toda su respuesta.

Expiró pesadamente. No la culpo. La tensión entre nosotros desde el momento en que había entrado en la carpintería era más que obvia. Y a pesar de mi falsa seguridad, por dentro estaba desubicado. Era la primera vez que me había dejado llevar en una casa ajena, con una mujer que pretendía contratar mis servicios como carpintero.

Ajusté mi polla dentro de ella. Me sorprendió el calor intenso y la suavidad, dios mío, aquel regalo de los dioses sin el que no pasaría ni uno solo de los días que me quedasen en este planeta.

La abracé, sin soltar la correa, y rodeé sus pechos por debajo de la blusa. El sudor empezó a impregnarnos. Miranda empezó a agitarse y vi lo que trataba de hacer. La sujeté de nuevo y acompasé mis movimientos a los suyos.

—Hasta el fondo, por favor —dijo—. Quiero que me lo hagas duro.

Estaba dispuesto a hacer todo lo que me pidiese pero necesitaba, en ese momento, no perderme ni un solo segundo de su rostro contraído por el placer. Y necesitaba ver sus ojos. Me detuve un segundo, desabroché el cinturón que la rodeaba y que comprimía su cuerpo incandescente y la giré suavemente por los hombros.

La besé de nuevo. Me era imposible resistirme a sus labios entreabiertos. Si ella me aceptaba, si entendía que lo que le había dicho era del todo cierto, que iba a volver cuantas veces fuera necesario y que necesitaba desentrañar todos y cada uno de los recovecos de su personalidad; entonces estaba perdido. Y no había nada que desease más.

La llevé hasta la cama y la tumbé sobre las sábanas. Me coloqué encima de ella y volví a penetrarla con brusquedad. Encajábamos a la perfección.

Empecé a moverme, feliz con mi nueva perspectiva, que no era otra que la visión de sus pupilas dilatadas, colmadas con mi cuerpo y con todos y cada una de las sensaciones que le estaba arrancando a aquella piel. La follé con ganas. Tal vez con demasiada fuerza.

Enterré mis dedos en su melena oscura y busqué su lengua con la mía. Ella rodeó mis caderas con sus piernas, atrapándome para siempre en una cárcel perfecta de carne y delirio. Perdí la noción del tiempo.

—No puedo aguantar mucho más, Miranda. Estoy a punto de correrme.

No habíamos hablado mucho desde que nuestra pasión se había desatado. No hacía falta tampoco. Nuestros cuerpos hablaban por sí solos. Ella apretó aún más sus piernas alrededor de mis caderas y eso fue todo lo que necesité para descargarme en su interior e inundarla con mi semilla. Deseé embarazarla en ese mismo instante; a pesar de que era consciente de que aquella era una absoluta locura.

Miranda profirió un grito al notar cómo me corría, al sentir algo caliente y viscoso invadiéndola. Se abrazó con fuerza a mi nuca y fue entonces cuando se dejó ir por completo. Se estremeció bajo mi cuerpo, al mismo tiempo que me obligaba a hundirme más y más en ella con la fuerza de sus muslos. Cuando terminó entreabrió de nuevo los labios, necesitando el aire más que nunca. Y yo caí desplomado sobre su cuerpo blando y delicioso.

CAPÍTULO 6

MIRANDA

Imposible concentrarme en algo tan mundano como una reunión al día siguiente. Observé a mis redactoras y en ese momento me pregunté: si yo estuviese completamente ausente, ¿saldría adelante la revista la siguiente semana?

Seguramente saldría.

Eso dice mucho de mí. Me cuesta horrores delegar. Pero en esos días no tenía otra opción.

No después de lo sucedido con Nelson.

Apenas habían pasado veinticuatro horas de nuestro inesperado "encuentro" y mi estómago se había cerrado en banda, impidiéndome desayunar esa mañana. Conocía muy bien esa sensación, soy una señora con experiencia. Mi apetito se desvanece cuando un hombre me conquista. No es algo agradable.

Me levanté de la mesa de reuniones de la redacción.

—Todo listo por hoy. ¡Todo el mundo a sus puestos! Estaré un rato más en la oficina y seguiré trabajando en casa el resto del día.

Rosa levantó una ceja. Aquello claramente se escapaba ya de la norma. ¿Dos días seguidos abandonando el barco a destiempo? Lo atajé enseguida:

—Estoy de obras en casa.

Había quedado con Nelson a las seis en punto de la tarde. Vendría a sustituir la madera rota del armario y después saldríamos a cenar. O al menos eso era lo que había entendido. Después del sexo más increíble de la historia de mi imaginación se había quedado un buen rato conmigo. Básicamente, haciéndome todo tipo de preguntas:

Si hacía mucho tiempo que vivía sola.

A qué me dedicaba.

Cómo eran mis días. ¿Y mis horarios?

Qué me gustaba hacer con mis amigas.

Y ahí fue cuando visualicé un pequeño problema latente. Lo primero en lo que pensé fue en las chicas de la redacción.

En mis empleadas.

Me avergonzó reconocer que no tenía demasiadas amigas, porque mi existencia en los últimos diez años se había centrado en trabajar incansablemente dirigiendo una publicación que en el fondo no era de mi propiedad, con horarios prolongados y extenuantes.

Mientras le explicaba esto a Nelson, me miró muy serio, me acarició y me confortó con su abrazo.

—Entonces me alegra haber llegado a tu vida precisamente en este momento. Voy a hacerte disfrutar, Miranda. Y no solo aquí.

Tocó el cabecero de la cama y me sonrió.

Llegué a casa, me di una ducha rápida y me puse un vestido cómodo. Saqué toda la ropa del armario tal y como él me había pedido, para poder llevar a cabo la reforma.

Después salí a comprar mi helado favorito. No me veía capaz de comer nada sólido. Aquel hombre había puesto mi mundo patas arriba desde el momento en que me crucé con él en aquel bendito paso de cebra e iba a necesitar unos días para que mi cuerpo funcionase de una manera normal.

Di un breve paseo y después, en la heladería, pedí un cono de menta con trocitos de chocolate negro —mi favorito absoluto, aunque no diría NO a ningún sabor de helado— y al primer contacto de mi lengua con aquel elixir frío tuve una especie de revelación.

¿No es maravilloso cuando estás haciendo algo absolutamente mundano y de repente encuentras respuesta a una pregunta que ni siquiera te habías formulado en serio?

Allí, disfrutando con gran deleite de mi menta con chocolate, vi claro que con un poco de suerte estaba llegando a la mitad de mi trayectoria sobre este planeta y que era hora de regalarme más tiempo a mí misma, de cultivar mis amistades, las que había relegado durante demasiados años poniendo una excusa continua —el trabajo— que de repente ya no era mi máxima prioridad.

Quería recuperar a mis amigas. Mejorar las relaciones con la familia. Visitar a mi madre más a menudo. Recuperar la lectura por puro placer, algo que siempre me había encantado y que cada vez hacía menos. Aprender algo nuevo cada día.

Y, tal vez, todo ello, en compañía de Nelson.

El séptimo cielo al que me había transportado era un lugar demasiado mágico como para no querer vivir allí de forma permanente.

Y había sido todo demasiado precipitado. Era consciente. Pero no podía negar la conexión explosiva entre nosotros; y era incapaz de reprimir la ilusión natural ante la perspectiva de encontrarme con él de nuevo.

Que sea lo que tenga que ser, me había dicho a mí misma. Y justo después:

Ya lloraremos después, si hay que llorar.

Lo has hecho centenares de veces, (lo de llorar) y aquí sigues.

Regresé a casa y terminé de prepararme para recibir a Nelson. Mis nervios se acrecentaban y en mi mente revivía una y otra vez lo sucedido frente a mi maltrecho armario. *Dios mío*, pensé, si *esto no sale como yo espero, —y digamos que la historia no habla precisamente a mi favor—, no podré volver a guardar mi ropa ahí nunca más. Tal vez ni siquiera pueda dormir en esa habitación durante un tiempo.*

Tanto me afectaba, sí.

Tanto me había ilusionado en tan pocos días.

Debí ser más cauta. La clásica Miranda Tuna es precavida y algo desconfiada porque tiene experiencia y sabe protegerse. En ese momento, mientras esperaba a mi carpintero, pensaba que la nueva Miranda vivía intensamente, se dejaba llevar y estaba dispuesta a todo por anteponer su propia felicidad. Y esa felicidad incluía a Nelson.

Y sin embargo, algo se desprendió en mi interior cuando acudí a abrir la puerta a toda prisa y vi a dos operarios que no eran él. Bajo ningún concepto. Un muchacho que apenas debía tener veinte años y mascaba chicle de manera algo ruidosa, me preguntó:

—¿Miranda Tuna?

—Sí, soy yo.

—Venimos a reparar un armario.

Señaló a su compañero. Un tipo que podía ser su padre y que sujetaba una voluminosa tabla de madera envuelta cuidadosamente en plástico de burbujas.

Dudé unos instantes.

—Lo cierto es que... estaba esperando a Nelson.

Su compañero me ofreció una media sonrisa.

—El jefe no va a poder venir.

—¿Y eso?

Se encogió de hombros.

—No crea que nos da muchas explicaciones. ¿Podemos pasar?

Me aparté a un lado y dejé que pasaran con todas sus herramientas.

Se me había caído el alma a los pies. No habíamos hecho planes específicos. No me había prometido nada. Intenté recordar la conversación exacta que habíamos mantenido cuando nos despedimos ya bien entrada la noche. Habíamos permanecido casi cuatro horas en mi cama. Nos levantamos para comer algo de cena que pedí por un *app*.

Mañana nos ocupamos de ese armario, me había dicho, a las seis en punto. Me besó y se fue.

Nos ocupamos.

En plural.

Pero ni rastro de Nelson.

¿Debía llamarlo? Tal vez le había sucedido algo. *No. No, dios, ¿Qué estás pensando, Miranda?* Me reprendí a mí misma. *Se suponía que tenía que venir él mismo a terminar lo que empezó, en todos los sentidos posibles, y si ni siquiera te ha avisado de que lo sustituirían dos de sus... ¿empleados?*

Observé como los dos hombres avanzaban por el pasillo de mi apartamento. La Miranda paranoica y desconfiada asomaba su mala cabeza de nuevo. Está claro que no iba a ser tan fácil amordazarla de un día para otro.

Nerviosa, fui con ellos hasta el dormitorio y les señalé el armario a reparar.

—Ahí mismo.

—Gracias, señora Tuna —dijo el joven. Avanzó unos pasos y echó un vistazo en el interior del armario—. No creo que nos lleve más de media hora.

Me agobié.

Una tensión repentina se instaló en mi garganta.

—¿Les importa si les dejo aquí trabajando? He de salir un momento —dije—. Volveré enseguida.

Los carpinteros se encogieron de hombros, y yo los dejé trabajando en el dormitorio.

Necesitaba aire.

Y necesitaba recomponerme.

Cuidado con la madera, querida Virgo, recordé en ese momento.

Maldito seas, Mercurio.

CAPÍTULO 7

NELSON

—¿Cómo que la clienta se ha ido? —pregunté a mis muchachos. Me costaba un mundo referirme a Miranda como "la clienta".

Lolo se encogió de hombros.

—Ni idea, jefe. Dijo que tenía que salir un momento. Pero acabamos hace ya unos quince minutos y sigue sin volver.

Me acerqué al armario para revisar el acabado.

—¿Está todo listo, entonces? Buen trabajo —murmuré.

—Todo listo.

—¿Qué hacemos con la clienta, jefe? —preguntó su compañero.

Detecté cierta impaciencia y sabía muy bien por qué. Los chicos habían quedado en un bar para ver un partido de fútbol.

—Uhmmm, dejádmelo a mí. Yo me ocupo —murmuré.

—Pero entonces, ¿te quedas aquí esperando? ¿Sin más?

Lolo me miró incrédulo. Era joven pero no tenía ni un pelo de idiota. Había visto perfectamente cómo la llevé a mi despacho el día anterior, lejos de las miradas de todos. Me pregunté si tenía que ser más explícito y decirles que esa chica era mía.

Me habría encantado arreglar el armario yo mismo, pero había surgido una emergencia en el último momento y me había retrasado. Y quería mantener mi compromiso con Miranda a toda costa.

Su armario estaría arreglado a las siete en punto de la tarde.

Así que envié a mis dos mejores carpinteros. Necesitaba que ese trabajo estuviese terminado lo antes posible, eliminar cualquier relación comercial entre nosotros para poder centrarme en lo que verdaderamente me importaba: ella.

Saber todo de ella.

Cuidar de ella.

Proporcionarle un orgasmo detrás de otro.

—Estoy al tanto de lo del fútbol —contesté—. Queríais terminar pronto hoy, ¿no es así? Yo hablaré con la clienta y me aseguraré de que todo está a su gusto. Podéis marcharos.

Hablé de una forma lo suficientemente imperativa como para que no rechistasen. Recogieron su equipo y se largaron por fin.

Me quedé solo en casa de Miranda, en la habitación donde todo se había desatado. Observé la ropa apilada en la cama y recordé el fuego en sus ojos. Me endurecí al instante al visualizarla allí, desnuda. Regresé al salón. Aquella casa sin Miranda no tenía demasiado sentido. También, debía reconocer, era algo raro estar allí solo, sin su permiso explícito.

Me levanté del sofá del salón de un salto.

De repente me preocupé. No podía decir que era raro en ella que se hubiese marchado sin más, porque no tenía suficiente información sobre el sistema operativo de Miranda.

Lo más probable era que hubiese salido a hacer un recado por el barrio y que se hubiese entretenido. Si era así, la encontraría. Busqué un trozo de papel y le dejé una nota bajo uno de los imanes de la nevera, por si acaso.

He pasado a buscarme y asegurarme de que Lolo ha hecho un buen trabajo con tu armario. No verte cuando estaba más que seguro de que así sería ha sido lo más triste del día. Salgo a buscarte, pero si no te encuentro, volveré.

Recuerda: todas las veces que sean necesarias,

XX

Nelson

MIRANDA

¿Cuántos helados en una misma tarde son demasiados helados? Y si decides que dos estaría dentro de los límites de lo aceptable, ¿qué tal resulta comérselo bajo la lluvia?

Empezaron a caer algunas gotas, y tal vez esa era la señal definitiva para volver a casa y enfrentarme a aquel armario, a todos aquellos zapatos esparcidos, a la montaña de ropa, a mi desastrosa vida sentimental, la misma que me ponía en la casilla de salida una y otra vez.

Y también a mercurio retrógrado.

Tienes que calmarte, Miranda; pensé.

Tiendo a tirar todo por la borda a la primera de cambio, a anticipar el desastre. Es lo que provoca el desencanto. No es Mercurio el causante. Es solo que si me pasa lo mismo una y otra vez yo ya sé cómo reconstruirme y lamerme las heridas.

Y aquella tarde la ausencia inesperada de Nelson había encendido mis viejas alarmas.

Las preguntas me rondaban. ¿Por qué no me avisó de que no vendría él? ¿Había cometido un error, no al entregarme a él sin condiciones; sino al manejar mal mis expectativas? ¿Tendría todo una explicación? ¿Me estaba ofuscando sin razón y todo era más sencillo de lo que parecía?

Aceleré el paso, pero la lluvia ya caía con un poco más de fuerza y mi vestido primaveral empezaba a oscurecerse. Estaba a unos cinco minutos a pie de casa. Miré mi reloj. Dios, se me había ido el santo al cielo y había dejado a dos desconocidos a solas en mi dormitorio.

Abraza el caos.

Vaya si lo abrazo.

Me detuve delante de un semáforo y la lluvia apretó. Miré a mi alrededor, buscando algún lugar en el que resguardarme mientras el muñequito verde aparecía de nuevo.

Mantuve la vista fija en el semáforo.

La lluvia ocupaba todo el resto del espacio. Cuando vi el destello verde, crucé por el paso de peatones, corriendo para no empaparme.

Y fue entonces cuando aterricé en sus brazos.

—No puedo creer que tenga exactamente la misma suerte tres días seguidos —me dijo Nelson.

Nos quedamos parados en medio de la calle, mientras la ciudad empapada nos envolvía.

Me abrazó.

—¿Dónde estabas? —fue todo lo que pude articular.

—En tu casa.

—¿En mi casa?

—Fui a asegurarme de que tu armario estaba bien. Y a preguntarte si querías cenar esta noche conmigo.

Me abrazó de nuevo antes de que le respondiera que sí.

Estábamos teniendo aquella conversación en mitad del asfalto. Observé los faros de los coches que nos alumbraban en aquel improvisado escenario, y los limpiaparabrisas agitándose de izquierda a derecha.

Me rodeó con sus brazos y me escondí bajo su cazadora para no arruinar del todo mi pelo.

—¿La misma suerte tres días seguidos? —le pregunté.

—¡Miranda! ¿No te has fijado dónde estamos? Es el paso de peatones en el que nos cruzamos por primera vez.

Teníamos diez segundos más de hombrecito verde para besarnos, antes de que el tráfico nos desplazase. Mis labios se fundieron de nuevo con los de Nelson y creo que en ese momento, en algún lugar del Sistema Solar, un meteorito de amor inesperado acabó de un plumazo con Mercurio.

EPÍLOGO

Un año después

MIRANDA

Una sombrillita de papel aterrizó sobre mi *tablet,* recién salida de una espectacular piña colada.

—No puedo creer que al final hayas logrado colar la *tablet* en el equipaje —me dijo Nelson, riéndose.

Observé su figura, absolutamente perfecta. De repente me olvidé de lo que iba a hacer con aquel aparato. Nelson solo llevaba puestos un bañador de *slip* y una camiseta blanca de tirantes que resaltaba su torso musculado y bronceado. Estaba apoyado en la barandilla de madera de nuestra villa y me observaba relajado a través de sus gafas de sol. Detrás de él se extendía una inmensidad de color turquesa: el Océano Pacífico.

Dejó el vaso en la mesita y se acercó peligrosamente a la cama balinesa en la que yo me había aposentado.

Acababa de empezar nuestra luna de miel.

En Bora Bora.

Supongo que iba a tardar unos días en creérmelo.

Empezó a deslizar su lengua por mi pierna. Una risa instantánea e inevitable se me escapó.

—Te prometo que no voy a trabajar —le dije—. Pero no me hagas cosquillas, por favor.

Nelson buscaba la cremallera de mis *shorts* con sus dientes.

—¡Para! ¡Para!

—Vamos a bañarnos en el mar. Ahora mismo.

—Hagamos una cosa. Un pacto.

No me hizo caso. Consiguió bajarme la cremallera pese a mi resistencia. Su lengua helada me recorrió el vientre.

Dejé mi vaso y la *tablet* a un lado y lo rodeé con mis brazos.

—¿Qué pacto? —preguntó.

—Miro el e-mail. Por última vez. Lo juro. Mientras, tú me esperas en el agua.

—De acuerdo. Pero cuando salgamos del agua, yo custodiaré la *tablet*.

Resoplé. ¿Iba a ser capaz?

Sí, la nueva Miranda PUEDE desconectar del trabajo.

—Hecho.

Nelson me besó y se fue al agua.

Yo abrí el correo y eché un vistazo a las últimas novedades de ALOHA. Nada destacable, la verdad. Rosa tenía todo perfectamente controlado.

En ese momento llegó un e-mail de Abigail. El horóscopo de la próxima semana.

Abrí el archivo y paseé la vista por el documento hasta llegar a mi signo.

Querida Virgo: se avecina otra vez ese momento del año en el que Mercurio te mostrará su cara menos amable y...

Busqué la X de inmediato y apagué la *tablet*.

¿El motivo?

Varios, de hecho:

Bora Bora, diez días de vacaciones, una piña colada, un inmenso mar turquesa y mi recién estrenado marido, esperándome en el agua con la mínima ropa posible...

¡Aquí te espero, Mercurio!

¿QUIERES MÁS ELSA TABLAC?

Si te ha gustado MERCURIO RETRÓGRADO, no te olvides de leer EL TURCO, EL PROFESOR DE INGLÉS y LA REPORTERA; pertenecientes a la misma serie.

CONTENIDO EXTRA

A continuación puedes los primeros capítulos de mi novela:

CINCO VERANOS HASTA ENCONTRARTE

CAPÍTULO 1

El graznido de las gaviotas por la mañana, irrumpiendo en la ciudad. Era uno de los sonidos que más solía echar de menos y, en cuanto lo reconoció, Miranda fue consciente de que estaba de nuevo en casa. Algo nerviosa, pero feliz. Una vez más. Había regresado a Barcelona. Y esta vez, para quedarse definitivamente. O, al menos, sin planes de volver a marcharse a la vista.

Se recostó en la silla metálica de la terraza del bar, levantó el rostro hacia el cielo y cerró los ojos, disfrutando del calor sobre sus párpados. Era una de las mejores sensaciones del mundo, pero quienes viven junto al Mediterráneo todo el tiempo no la apreciaban tanto como ella. Miranda llevaba cinco años alejada de aquella luz mágica.

Notó como una servilleta arrugada en forma de bolita aterrizaba sobre su nariz, propulsada por la impertinente mano de su querida amiga Ruth.

—Eres como un lagarto, tía. No solo te conviertes en una estatua ronroneante en cuanto te toca un triste rayo de sol, sino que, encima, no haces caso a nadie. Llevo unos minutos hablándote y dudo que te hayas enterado de algo de lo que he dicho.

Miranda entreabrió los ojos y metió la mano en el bolso en busca de sus gafas de sol.

—Si hubieras estado cumpliendo condena durante cinco años en la gélida Escandinavia harías exactamente lo mismo que yo: tomar el sol a la mínima oportunidad.

Ruth soltó una carcajada.

—¡Cumpliendo condena! ¡Pero qué valor tienes! Querrás decir cobrando un sueldazo por trabajar seis horas al día y vivir rodeada de vikingos superguapos, limpios y educados todo el tiempo. La verdad: aún no entiendo cómo se te ha ocurrido volver...Bueno, supongo que sí tengo una idea...

Miranda volvió a cerrar los párpados, a pesar de que en su campo de visión apareció el camarero con la segunda ronda de vermuts matutinos. Se llevó el dedo índice a los labios, invocando el silencio de su amiga. Ya intuía lo que le iba a decir y a quién iba a mencionar y no era un tema del que le apeteciese hablar en ese momento de sol y paz.

HACÍA SOLO UNOS DÍAS que Miranda había regresado de Oslo, donde se había marchado a trabajar hacía cinco años, y era la primera vez en muchos meses que veía a Ruth. Pero parecía que habían pasado apenas unos días, y siempre era así. Eran amigas desde la época del instituto y a pesar de que Ruth le había llevado la delantera en eso de marcharse a recorrer el mundo siempre habían logrado verse al menos un par de veces al año. Volviendo a casa por Navidad, visitándose en sus respectivos países de acogida (Miranda en Noruega y Ruth en Estados Unidos), o permitiéndose el lujo de hacer algunos viajes caribeños juntas.

Saboreó el vermut que el camarero les dejó en la mesa. Aquello no tenía precio. Ni todos los sueldazos del mundo podían compararse con el gozo de disfrutar del sol del Mediterráneo en una terraza, viendo pasar a la gente. Se llevó una aceituna a la boca y se reclinó de nuevo en la silla. Una de las ventajas de una larga relación de amistad es que los silencios pueden compartirse y disfrutarse, y eso era una de las cosas que más apreciaba de Ruth. Su amiga no necesitaba llenar de palabras todos y cada uno de los momentos que compartían. En aquella soleada terraza, ya puestas al día de sus respectivas novedades, ambas se sumergieron en sus pensamientos.

TENÍA VEINTIOCHO AÑOS cuando metió todas sus pertenencias en una enorme maleta Samsonite de color verde y se compró un billete de avión a Oslo. Solo ida. Era una buena oportunidad laboral y no quiso desaprovecharla. Miranda empezaría a trabajar en el departamento de marketing de la cadena de hoteles Nordisk, cuya sede estaba en la capital noruega. Las condiciones eran excelentes y por el momento no necesitaría dominar la lengua autóctona, aunque la impecable chica de Recursos Humanos que la entrevistó le sugirió amablemente que empezara a tomar clases de noruego nada más llegar. Pero eso no era ningún problema para Miranda, al contrario. Siempre le había encantado estudiar idiomas, y ese precisamente era uno de los motivos por los que había escogido trabajar en el sector turístico.

Corría el año 2013 y la crisis económica arreciaba con fuerza. Tras dos despidos por recorte de personal en un solo año, Miranda había decidido seguir los pasos de Ruth —y tanta otra gente, conocidos de ambas—, y marcharse fuera del país a probar suerte, aprender idiomas y ampliar su currículum.

La aventura nórdica le había salido estupendamente, pero al contrario que mucha otra gente que abandonó el país y no tenía perspectivas de regresar, ella siempre había sido consciente de que España era una potencia turística de primer orden y siempre encontraría buenas oportunidades si algún día decidía regresar. Así que había aprovechado esos cinco años en Noruega para absorber todo cuanto acontecía a su alrededor como una esponja, mejorar muchísimo su inglés, tener un nivel bastante aceptable de noruego y aprender a disfrutar de su tiempo en casa.

SOLO DURANTE LOS DOS años que estuvo con Magnus había dudado seriamente sobre su firme idea de volver algún día. Era el hombre por el que muchas mujeres suspirarían. Tranquilo, inteligente, con un desarrollado instinto protector, seis años mayor que ella y muy orientado a formar una familia. Era científico y se dedicaba a investigar en la Universidad de Oslo. La adoraba y, a pesar de que se habían conocido cuando Miranda ya llevaba más de un año viviendo allí, él fue uno de los motivos por los que había logrado aclimatarse tan rápido.

Y sin embargo un día, hacía exactamente once meses, se dio cuenta de que toda aquella seguridad que Magnus le ofrecía, aquel amor tranquilo y sosegado, carecía del cimiento básico que ella anhelaba en aquel momento: la pasión. Ya hacía un tiempo que vivían juntos y, una mañana, mientras desayunaba, un pensamiento inquietante acudió a su mente. Miranda no recordaba la última vez que habían hecho el amor. De la impresión, se había levantado de la mesa con brusquedad, derramando parte del café sobre su blusa. ¿Hacía tres semanas? ¿Cinco? No lo sabía.

Ambos eran ávidos lectores. Para su último cumpleaños, Magnus la había sorprendido con un regalo que para mucha gente podría resultar algo absurdo, pero que a ella le había hecho una tremenda ilusión. Una noche, al entrar en el dormitorio, observó una luz más tenue de lo normal. Más tenue y más concentrada. Magnus había instalado dos preciosas minilámparas sobre el cabecero de la cama. Tenían un largo brazo articulado que podía manipularse para dirigir el foco de luz hacia donde quisiera.

Ese había sido su regalo en su treinta y dos cumpleaños. Dos lámparas perfectas para leer antes de dormir. Y desde el momento en que aquellos dos puntos de luz entraron en sus vidas, el sexo fue desapareciendo progresivamente. Increíble pero cierto. Cuando se lo contó a Ruth, más que nada para conocer su cabal opinión, su amiga alucinó.

—Miranda, ¿eres consciente de que la instalación de las lámparas no tiene nada que ver con el hecho de que ya no folléis, verdad? Yo de ti buscaría el motivo en otro lugar.

Ese había sido el principio del fin de Magnus y ella. Las lámparas. La separación se produjo de una manera tan tranquila y civilizada como lo había sido el inicio de su historia.

Y sin embargo todo aquel asunto de las lámparas y su posterior iluminación —nunca mejor dicho— no tenía demasiado que ver con su decisión de abandonar Noruega. De hecho permaneció en el país durante ocho meses más después de sacar sus (pocas) pertenencias del apartamento de Magnus e instalarse en el de una compañera de trabajo que se marchaba un año a Berlín.

Tampoco fue la atmósfera fría y gris, tan cercana al Círculo Polar lo que la expulsó de allí.

Ni la más obvia: el nuevo trabajo que había encontrado en una cadena hotelera de Barcelona y al que se incorporaría en septiembre, por lo que tenía todo el verano libre, por primera vez desde que era estudiante.

El motivo semisecreto por el que Miranda había regresado a Barcelona era porque se acercaba la fecha pactada: el 23 de junio de 2019. La madrugada de San Juan. Una fecha que nunca tuvo que apuntar, ya que jamás se había desprendido de su memoria. El momento en que Isaac y ella debían reencontrarse en el rompeolas, después de romper y tomar caminos distintos en sus vidas.

Hagamos una cosa: pase lo que pase, encontrémonos aquí, en el rompeolas, dentro de cinco años. En la noche de San Juan de 2019. Cuando esté a punto de amanecer. Yo estaré aquí. Espero que tú también.

Isaac había pronunciado esas palabras al tiempo que hacía un esfuerzo titánico por no derramar ni una de las lágrimas que estaban dotando a sus ojos oscuros de un brillo triste y sobrecogedor. Él entendía su necesidad de marcharse, de probar suerte en otro país, de seguir desarrollando su carrera profesional. No entendía por qué ella ni se planteaba siquiera la posibilidad no ya de que él la acompañara, si no que ni siquiera tuviera la voluntad de intentarlo a distancia, aunque ese tipo de relaciones acabasen muriendo entre los respectivos trayectos de avión.

Miranda guardaba un lugar muy especial en su corazón para Isaac. Habían estado juntos algo más de cinco años, desde que ambos habían terminado sus estudios. Esos maravillosos años formativos en los que se brega con los primeros trabajos, la independencia de los padres, el deseo de exprimir hasta la última gota de la vida, de día y de noche. Una de esas relaciones mágicas y férreas que nunca había mostrado un solo signo de debilidad. Ni una fisura. Ni una grieta.

Y, a pesar de ser consciente del dolor ciego y sordo que le causó al abandonarlo, Miranda antepuso su necesidad de experiencias, de oxígeno y de ver mundo. Aquella noche de San Juan de hacía cinco años, mientras en la playa se extinguían las últimas hogueras y los equipos de limpieza ya se alineaban junto a la arena para eliminar de ella todo rastro humano, le dijo a Isaac que su historia, tan incontestable y tan firme, se había terminado.

La reacción de él, dolida pero serena, le sorprendió. Isaac aceptó su decisión en silencio. Escuchó sus motivos. Razonados y meditados. Los entendió perfectamente. Al fin y al cabo, él estaba en una situación parecida. En aquel momento su camino tampoco estaba en aquel sitio. Y, siendo realistas, tampoco lo encontraría en las tierras gélidas del norte de Europa. Solo le pidió eso. Encontrarse en el mismo sitio, a la misma hora.

Dentro de cinco veranos.

CAPÍTULO 2

El hecho de que Miranda e Isaac ya no fueran "Miranda e Isaac" causó un inevitable terremoto en su círculo social más inmediato. Eran la típica pareja inquebrantable. Esa que nunca te imaginas por separado, a pesar de que cada uno de ellos mantenía una saludable individualidad. Miranda siempre liada con sus clases de idiomas y su interés, casi más allá de lo profesional, por el turismo y la gestión hotelera. Isaac obsesionado con la música, todo un profesional de conservatorio que se ganaba la vida —de forma un poco renqueante e inestable, todo hay que decirlo— como profesor de jazz y saxofonista.

Y sin embargo, cuando estaban juntos, eran el equipo perfecto, un núcleo resistente que aguantaba el paso de los años mientras el resto de parejas a su alrededor se iba deshaciendo, agotando su ciclo natural. Hasta que, de manera inesperada les llegó su turno, de madrugada, en la noche de las hogueras. Junto al mar. Ninguno de sus amigos creyó que aquello iba en serio hasta que Miranda se marchó a Noruega e Isaac se encerró en casa durante varios meses, intentando decidir qué haría con su vida después de aquella debacle.

—VAS A IR, ¿VERDAD? —le preguntó su amiga.

—¿Qué?

—Al rompeolas. En la noche de San Juan. A encontrarte con él —aclaró Ruth de forma mecánica. Era casi indignante que su amiga la hiciera especificar a qué se refería. La mayoría de las veces su comunicación casi telepática era suficiente para saber a qué se referían.

Miranda se puso recta en la silla. A veces Ruth le daba miedo. Tenía la sensación de que podía leerle el pensamiento. ¿Tanto se notaba que estaba pensando en él en ese preciso instante?

—No estoy segura de que eso sea una buena idea.

—¿Pero no decías que es un tema que tienes totalmente superado? Ha pasado mucho tiempo...

—¿En serio crees que él va a acordarse siquiera de lo que dijo en un momento de enajenación? ¿Qué va a estar ahí esperando a las cinco de la mañana con un ramo de flores?

Ruth se rio.

—Eso sería totalmente ridículo. Pero tal vez deberíamos averiguar de alguna manera si él piensa presentarse.

—Ah, ¿sí? ¿Averiguar? ¿Y como piensas averiguarlo? Ni siquiera sabemos si vive en esta ciudad.

—Yo tampoco vivo en ella y aquí estoy, ¿sabes? De vacaciones. La gente viene de visita, a ver a la familia y esas cosas...Y no creo que sea descabellado hacer coincidir una de esas visitas con...ya sabes...vuestra cita del futuro.

"LA CITA DEL FUTURO". Así lo llamaba Ruth. Ella era la única persona a quien se lo había contado, y a veces se arrepentía de haberle dicho nada. ¡Vaya si se arrepentía! Esa fecha acordada, veintitrés de junio de 2019, nunca se había borrado de su memoria y en cierto modo, los últimos meses habían supuesto una cuenta atrás. Durante años había pensado que su ruptura con Isaac estaba cien por cien superada, pero solo fue en el momento en que se separó de Magnus y empezó a sopesar la idea de volver a España cuando se dio cuenta de lo poco que quedaba para esa noche de San Juan.

No habían seguido en contacto. La última vez que había hablado con Isaac había sido un año después de separarse, más o menos. Intercambiaron un par de emails cuando Miranda se enteró de que el padre de él había fallecido de un infarto de forma repentina. Intentó llamarlo, pero al parecer había cambiado de número. Así que inevitablemente optó por un correo electrónico. Isaac usaba algunas redes sociales de forma muy esporádica y solo si las necesitaba para algo relacionado con su profesión de músico, así que contactarle vía Facebook en ese caso no le pareció lo más apropiado.

Él le contestó en ese mismo día, y por el tono de su mensaje parecía sinceramente contento de tener noticias suyas, a pesar de las amargas circunstancias. Intercambiaron dos o tres emails durante aquella semana y, después, el silencio absoluto hasta el momento presente.

Pasaron dos años y pico más hasta que, un día, encerrada en su apartamento noruego, rodeada de oscuridad y nieve polar, Miranda cogió su ordenador y decidió investigar qué había sido de su antiguo amor de la veintena. Tras dos horas de ardua búsqueda en Google, consiguió hallar la pista de Isaac y sus circunstancias actuales. Se alegró mucho al enterarse de que había logrado su sueño de convertirse en saxofonista profesional de jazz. Encontró algunos vídeos en Youtube y se estremeció al comprobar que seguía tan atractivo como siempre y, a todas luces, curado de la profunda herida que ella misma le causó.

Isaac había estado girando por el mundo. Había pasado de tocar en pequeñas reuniones de amigos, eventos corporativos y bodas con su banda a estar en algunos de los clubes de jazz más importantes del mundo. Echó un vistazo a su página web y al listado de conciertos que habían hecho en los últimos años. Nueva York, París, Londres, Berlín, San Francisco, Montreal, Nueva Orleans...Había viajado con su saxo y sus compañeros por los cinco continentes.

Algo se le quebró por dentro cuando vio que también había pasado por Oslo, la ciudad donde ella vivía. Hacía tan solo cinco meses. Ni se había enterado, a pesar de que Miranda era de esas personas que miraba los carteles de conciertos que colgaban de postes y marquesinas por las calles. ¿Habría ido a verlo? Probablemente no, por el hecho de que no sabría cómo iba a responder emocionalmente a ese encuentro. Pero la capital noruega era casi un pueblo. El centro era pequeñísimo, podría habérselo encontrado en cualquier cafetería, en cualquier esquina, haciendo equilibrios sobre las aceras heladas para no caerse de bruces.

Y también había respirado aliviada porque cada cierto tiempo se acordaba de esa "cita del futuro", de esa noche de San Juan de 2019 en la que supuestamente tendrían que encontrarse junto al espigón. En todos esos años nunca había podido decidir si acudiría o no a la cita, pero quería pensar que sí, que allí estaría, y que encontrarse de manera fortuita antes de esa noche supondría arruinar cualquier posibilidad de magia.

MERCURIO RETRÓGRADO

MIRANDA Y RUTH TERMINARON sus respectivos vermuts y entraron al bar a pagar. Les apetecía ir un poco de tiendas y dar una vuelta por el centro. Tal vez caminar hasta la playa y seguir tomando el sol de principios de junio que tanto habían echado en falta.

—Aún no me has dicho hasta cuándo te quedas —dijo Miranda.

—Unas tres semanas, hasta el día veinticinco.

—Guau. Entonces, ¿definitivamente cambias de trabajo? ¿Ya es seguro?

—Sí. He aceptado. Cambio de agencia. Bueno, sigo trabajando por mi cuenta, pero mi principal cliente a partir de ahora será Blackfish.

Ruth vivía en Brooklyn, Nueva York, desde hacía unos seis años. Era una reputada diseñadora gráfica y ya había empezado a despuntar incluso cuando aún estaba estudiando. Ganó varios premios de diseño y enseguida se la disputaron varias agencias de publicidad. Finalmente, decidió establecerse como *freelance* y empezó a ganar clientes. Uno de ellos fue un museo neoyorkino. Así que, después de varios viajes al otro lado del charco, Ruth decidió liarle la manta a la cabeza y probar suerte en la ciudad de los rascacielos. No fue fácil, durante los primeros dos años pasó bastantes penurias y tuvo que vivir en auténticos zulos hasta que consiguió la preciada Green Card, para poder quedarse allí de forma permanente.

Todo iba mucho mejor desde hacía un tiempo pero, aunque no lo había confesado abiertamente, Miranda tenía la sensación de que su amiga, en el fondo, deseaba regresar a Barcelona. Y sobre todo desde que ella le había comunicado su decisión de volver.

La vida amorosa de Ruth también se había desmoronado hacía poco más de un año. A Miranda le había costado horrores averiguar qué había sucedido con Michael, su maravilloso novio de Wisconsin, que había dejado el Midwest para mudarse con ella a Nueva York. En una de sus escapadas a Nueva York Ruth le había confesado que había sido infiel a Michael y que este se había enterado. No podía reprocharle absolutamente nada, más que aceptar su decisión y aprender de su error. Ruth se lo contó una noche en la terraza de un hotel en Manhattan, donde habían subido para tomar una copa y disfrutar de las vistas. Allí, entre lágrimas y algo más afectada de lo que había parecido por teléfono, entró en algo más de detalles, gracias en gran medida a la cantidad de margaritas que se habían metido entre pecho y espalda.

A pesar de que se contaban absolutamente todo desde que tenían dieciséis años, Miranda nunca había conseguido que Ruth le revelara los detalles de aquel desliz, y en parte la entendía. Su amiga se sentía avergonzada, y en otra ocasión le confesó que tenía la sensación de haberla cagado sin remedio. Que Michael era alguien importante y que lo había expulsado sin posibilidad alguna de recuperarlo. Y lo entendía a la perfección.

No quiso decirle quién había sido aquel misterioso hombre que había hecho que todo saltara por los aires. No le dio ningún dato sobre él. ¿Era americano? ¿Vivía en la ciudad? ¿Aquel romance de fin de semana había tenido algún tipo de continuación? ¿Habían seguido en contacto después de ese día? Ruth se había cerrado en banda. Nunca quiso hablar más de lo sucedido. Al principio soltaba una risa nerviosa y cambiaba de tema. Con el paso de los meses simplemente torcía el gesto y enmudecía. Era curioso, pero desde su abrupta separación de Michael y aquel misterioso *affaire* no había vuelto a mencionar a ningún otro chico con el que potencialmente pudiera pasar algo, y eso que vivía en Nueva York, la ciudad por excelencia de los solteros.

CAMINARON HASTA EL barrio del Born y visitaron algunas tiendas de moda de diseñadores independientes. Miranda se probó un par de vestidos, y aunque ambos le sentaban fenomenal, no compró ninguno. No se lo había dicho a Ruth porque aún no había tomado ninguna decisión definitiva, pero era obvio que estaba buscando algún modelito para ese posible encuentro con Isaac.

Salió de uno de los probadores con una bonita pieza de color aguamarina.

—Ese —dijo Ruth—. Tienes que quedártelo.

Paseó un poco por la tienda, bajo las miradas de aprobación de su amiga y de la dependienta. Aquel color hacía que su melena de color castaño claro destacase aún más.

—No sé si me convence. Creo que lo pensaré un poco.

Había echado un vistazo al precio en la etiqueta, y aunque desde que había regresado de Noruega todo le parecía barato, aquello estaba un poco fuera de su presupuesto. Pero la realidad era que, aunque ya tenía un contrato de trabajo y todo el verano por delante para desconectar de su vida anterior en el norte, no le convenía ponerse a gastar como una loca. Especialmente en vestidos de más de doscientos euros. Observó la sonrisa irónica de Ruth y decidió que, si seguía pensando en él, volvería a buscarlo otro día, a solas. Aún faltaban unas semanas para la noche de San Juan y, quién sabe, tal vez encontraría un vestido mucho más bonito en otro momento.

Se despidieron de la dependienta con una gran sonrisa y ambas pasearon hacia la luz y el olor que despedían las olas del Mediterráneo. Qué bien les estaba sentando volver a casa.

www.ingramcontent.com/pod-product-compliance
Ingram Content Group UK Ltd.
Pitfield, Milton Keynes, MK11 3LW, UK
UKHW040013200726
13854UKWH00001B/177

9 798201 427825